Faisons une différence ensemble

D1406631

Chère lectrice et cher lecteur,

Nous sommes très heureux de vous remettre ce cadeau.

Des livres pour Nicolas! raconte l'histoire de Nicolas, un petit garçon qui trouve que beaucoup trop de livres, dans la vie, lui disent quoi faire et comment le faire. Mais, au fil de votre lecture, vous verrez que Nicolas change d'avis en découvrant qu'il existe différents genres de livres. À la bibliothèque, il découvre des livres qui le font rire, frissonner, rêver, explorer... de véritables trésors!

À la Banque TD, nos employés ont réellement hâte de vous remettre, à vous et à chaque élève de première année au Canada, un exemplaire du livre *Des livres pour Nicolas!* C'est notre façon de souligner la Semaine canadienne TD du livre jeunesse, un des nombreux programmes de lecture pour enfants que nous appuyons chaque année à l'échelle du Canada. Nous vous invitons à vous rendre à votre bibliothèque pour découvrir le monde magique des livres.

Bonne et amusante lecture!

Ed Clark

Ed Clark
Président et chef de la direction
Groupe Financier Banque TD

À Linda Clermont, l'amoureuse des livres
Gilles Tibo

À mon père au grand cœur...
Bruno St-Aubin

Édition spéciale préparée pour le programme *Un livre à moi ! pour le plaisir de lire.*

Tous droits réservés. La présente édition, publiée selon un arrangement spécial avec le Centre canadien du livre jeunesse et le Groupe Financier Banque TD, sera distribuée gratuitement aux élèves de première année, partout au Canada, au cours de la Semaine canadienne TD du livre jeunesse 2008.

Les Éditions Scholastic
604, rue King Ouest
Toronto (Ontario) M5V 1E1
www.scholastic.ca/editions

Centre canadien du livre jeunesse
40, boul. Orchard View, bureau 101
Toronto (Ontario) M4R 1B9
www.bookcentre.ca

Imprimé et relié par Friesens Corporation
Également offert en anglais sous le titre : *Too Many Books!*

ISBN (français) 978-0-929095-48-6
ISBN (anglais) 978-0-929095-46-2

Catalogage avant publication de Bibliothèque et Archives Canada

Tibo, Gilles, 1951-
Des livres pour Nicolas! / texte de Gilles Tibo ; illustrations de Bruno St-Aubin.

Publ. à l'origine: Markham, Ont. : Éditions Scholastic, 2003. Édition financée par le Groupe Financier Banque TD et distribuée gratuitement aux élèves de première année canadiens, dans le cadre de la Semaine canadienne du livre jeunesse 2008. ISBN 978-0-929095-48-6

I. St-Aubin, Bruno II. Centre canadien du livre jeunesse III. Titre.

PS8589.I26D48 2008   jC843'.54   C2008-902805-8

Imprimé au Canada

Sources Mixtes
Groupe de produits issu de forêts bien
gérées et d'autres sources contrôlées.
www.fsc.org Cert no. COC-1271
© 1996 Forest Stewardship Council
FSC

Des livres pour Nicolas!

Texte de Gilles Tibo  Illustrations de Bruno St-Aubin

Centre canadien du livre jeunesse

Ce matin, je m'habille en vitesse, puis je vais rejoindre ma mère. Elle m'embrasse, regarde mes lacets de souliers et me dit :
— Nicolas, j'ai quelque chose pour toi!

Maman fouille dans une boîte et me tend un livre... un livre qui explique comment attacher les lacets de souliers!

Finalement, après avoir lu le livre, je réussis à faire les plus belles boucles du monde!

5

Après le déjeuner, je me brosse les dents à toute vitesse.

VVVRRRiiiOOOUUUMMM !

La pâte dentifrice vole dans tous les sens.

Mon père s'approche. Il me dit bonjour, m'embrasse et dépose un livre devant moi.

– Pas encore un livre! **Blurb! Blurb! Blurb!** Pas un livre qui explique comment se brosser les dents? **Blurb! Blurb! Blurb!**

Finalement, après avoir lu le livre, j'ai les dents les plus blanches et les plus étincelantes du monde!

Ensuite, j'essaie de laver mon chat. Il ne veut pas!

Ma sœur Mathilde s'approche, un livre à la main.
— Ah non! Pas un livre pour m'expliquer comment laver mon chat?

Bon... **Finalement**, après avoir lu le livre, je peux dire que mon chat n'a jamais été aussi propre. C'est le plus beau matou du monde!

13

Pour me changer les idées, je vais jouer dehors.
J'essaie de me promener en vélo. Ce n'est pas facile!

Véronique, ma voisine préférée, s'approche avec un livre à la main.

— Ah non! Ce n'est pas vrai! Pas un livre qui va m'expliquer comment faire du vélo?

Bon, bon... **Finalement**, après avoir lu
le livre, je deviens le meilleur cycliste du monde!

17

Pour remercier mon amie, je l'accompagne à la bibliothèque. Aussitôt arrivée, elle se lance entre les rayons et choisit plusieurs livres.

En regardant les titres, Véronique me dit :

— Tu ne choisis rien, Nicolas?

Appuyé sur le bord de la porte, je lui réponds :

— Non! J'en ai assez des livres qui m'expliquent comment faire ceci... comment faire cela... comment ne pas faire ceci... comment ne pas faire cela...

Véronique me prend par la main.

— Regarde, Nicolas ! Ici, tu trouveras des livres d'aventures. Là-bas, des livres d'histoire. Et là, des livres drôles.

Pour faire plaisir à Véronique, je choisis trois livres : un conte de chevaliers, une aventure de pirates et une histoire drôle.

21

En revenant de la bibliothèque, Véronique n'arrête pas de répéter :

— J'ai tellement hâte de lire mes livres!

— Je... heu... moi aussi... j'ai bien hâte de lire mes livres...

De retour à la maison, je m'installe dans la cour arrière.
Quel livre devrais-je lire en premier? Hum... Hum... Hum...
Je lirai mon livre de pirates après le souper et
je regarderai mon livre de chevaliers
ce soir, dans mon lit.

Sans attendre, j'ouvre le livre qui raconte l'histoire d'une petite souris sur la Lune. À la première page, j'éclate de rire. À la deuxième aussi, et encore à la troisième...

Je ris **tellement** fort que mon père sort
de la maison en demandant :
— Qu'est-ce qui se passe, Nicolas?

Ma mère sort du garage en disant :
— Ça va, Nicolas?

Mon père, ma mère, ma sœur, mon amie
Véronique et même mon chat s'installent près
de moi. En souriant, je leur dis :
— Écoutez bien : (Hi... Hi... Hi...) *Il était une*
fois une petite souris qui...

Maintenant,

je lis les plus beaux livres du monde!

Gilles Tibo

Gilles Tibo est reconnu autant pour ses illustrations que pour les livres qu'il a écrits. Depuis 1976, il a contribué à plus de 100 ouvrages pour lesquels il a reçu de nombreux prix, dont celui du Gouverneur général et le Prix du livre M. Christie. Gilles Tibo vit à Montréal.

Bruno St-Aubin

Bruno St-Aubin écrit et illustre des livres pour les jeunes depuis 1988. Parmi les ouvrages qu'il a illustrés, on peut citer la série Fred, la série Nicolas, *Gabi la Ballerine*, ainsi que *Papa est un dinosaure*, *Papa est un castor bricoleur*, *Drôle de cauchemar* et *Le panache du grand Georges* dont il est aussi l'auteur. Bruno St-Aubin vit à Montréal.

Un livre à moi ! pour le plaisir de lire

Livres canadiens pour enfants, primés en 2007

Chers lecteurs, voici quelques suggestions de lectures issues de la littérature canadienne pour l'enfance et la jeunesse. Les titres marqués d'une étoile (★) conviennent particulièrement aux enfants de 4 à 7 ans.

L'atlas perdu, Tome II

Texte : Diane Bergeron
Illustrations : Sampar
Soulières éditeur, Saint-Lambert (Québec), 2004.
Prix littéraire Hackmatack – Le choix des jeunes
2006-2007, catégorie Roman

Les anges cassés

Texte : Lyne Vanier
Éditions Pierre Tisseyre, Montréal (Québec), 2007.
Prix littéraires Ville de Québec – Salon international
du livre de Québec 2008, volet jeunesse

Brad, le génie de la potiche

Texte : Johanne Mercier
Éditions FouLire, Québec (Québec), 2006.
Prix des abonnés du Réseau des bibliothèques
de la Ville de Québec 2007, catégorie jeunesse

Complot au musée

Texte : Hervé Gagnon
Éditions Hurtubise HMH, Montréal (Québec), 2006.
Prix Abitibi-Consolodated – Salon du livre
du Saguenay-Lac-St-Jean 2007

Darhan, Tome 1 - La fée du lac Baïkal

Texte : Sylvain Hotte
Éditions Les Intouchables, Montréal (Québec), 2006.
Prix jeunesse de science-fiction et de fantastique
québécois 2007

Dominic en prison

Texte : Alain M. Bergeron
Illustrations : Sampar
Soulières éditeur, Saint-Lambert (Québec), 2007.
Prix illustration jeunesse Salon du livre de Trois-Rivières
2008, catégorie Petit roman illustré

★ L'envers de la chanson – Des enfants au travail 1850-1950

Texte et photos d'archive : André Leblanc
Éditions Les 400 coups, Montréal (Québec), 2006.
Prix TD de littérature jeunesse canadienne 2007

La fatigante et le fainéant

Texte : François Barcelo
Illustrations : Anne Villeneuve
Soulières éditeur, Saint-Lambert (Québec), 2006.
Prix littéraire du Gouverneur général du Canada 2007,
catégorie Texte

★ Jongleries
Texte : Henriette Major
Illustrations : Philippe Béha
Éditions Hurtubise HMH, Montréal (Québec), 2006.
The White Ravens 2007

★ Léon et les expressions
Texte et illustrations : Annie Groovie
Éditions La courte échelle, Montréal (Québec), 2004.
Prix littéraire Hackmatack – Le choix des jeunes
2006-2007, catégorie Album

★ Ma drôle de vie
Texte et illustrations : Luc Melanson
Dominique et compagnie,
Saint-Lambert (Québec), 2004.
Prix Cécile Gagnon 2007, catégorie Album

Ma vie ne sait pas nager
Texte : Élaine Turgeon
Éditions Québec Amérique, Montréal (Québec), 2006.
Palmarès des Clubs de lecture de Communication-
Jeunesse – Livres préférés des jeunes de l'Imprimerie
Transcontinental 2006-2007, catégorie 12 à 17 ans
Prix Alvine-Bélisle 2007 • Prix du livre jeunesse
des bibliothèques de Montréal 2007 • The White Ravens
2007

★ Maman s'est perdue
Texte : Pierrette Dubé
Illustrations : Caroline Hamel
Éditions Les 400 coups, Montréal (Québec), 2005.
Prix Québec/Wallonie-Bruxelles de littérature
jeunesse 2007

La mandragore
Texte : Jacques Lazure
Soulières éditeur, Saint-Lambert (Québec), 2007.
Grand Prix du livre de la Montérégie 2008
Prix du jury, catégorie roman jeunesse

Les Mésaventures de Grosspafine, Tome 1 – La Confiture de rêves
Texte : Marie Christine Bernard
Éditions Hurtubise HMH, Montréal (Québec), 2007.
Prix Jovette-Bernier – Salon du livre de Rimouski

Mon pire prof
Texte : Reynald Cantin, Johanne Mercier, Hélène Vachon
Éditions FouLire, Québec (Québec), 2006.
Palmarès des Clubs de lecture de Communication-Jeunesse
Livres préférés des jeunes de l'Imprimerie
Transcontinental 2006-2007, catégorie 9 à 12 ans

Nessy Names, Tome 1 – La Malédiction de Tiens
Texte : Michèle Gavazzi
Éditions du Porte-Bonheur, Montréal (Québec), 2006.
Prix jeunesse des univers parallèles 2008

★ Pas de chance, c'est dimanche
Texte : Danielle Simard
Soulières éditeur, Saint-Lambert (Québec), 2007.
Grand Prix du livre de la Montérégie 2008
Prix du public, catégorie Littérature jeunesse

★ Les pays inventés
Texte et illustrations : Philippe Béha
Éditions Hurtubise HMH, Montréal (Québec), 2007.
Prix illustration jeunesse Salon du livre
de Trois-Rivières 2008, catégorie Album

Pedro Libertad, Tome 1 – *Bruine assassine*

Texte : Hada Lopes
Éditions de la Paix, St-Alphonse-de-Granby
(Québec), 2007.
Prix Cécile Gagnon 2007, catégorie Roman

★ *La petite rapporteuse de mots*

Texte : Danielle Simard
Illustrations : Geneviève Côté
Éditions Les 400 coups, Montréal (Québec), 2007.
Prix littéraire du Gouverneur général
du Canada 2007, catégorie Illustration

★ *Petits monstres – Les Mousses*

Texte : Lucie Papineau
Illustrations : Julie Cossette
Dominique et compagnie,
Saint-Lambert (Québec), 2007.
Prix illustration jeunesse Salon du livre
de Trois-Rivières 2008, catégorie Relève

★ *Pétunia, princesse des pets*

Texte : Dominique Demers
Illustrations : Catherine Lepage
Dominique et compagnie, Saint-Lambert
(Québec), 2005.

Palmarès des Clubs de lecture de Communication-
Jeunesse – Livres préférés des jeunes de l'Imprimerie
Transcontinental 2006-2007, catégorie 6 à 9 ans

★ *Le prince et l'hirondelle*

Adaptation du conte d'Oscar Wilde et illustrations :
Steve Adams
Dominique et compagnie, Saint-Lambert
(Québec), 2006. The White Ravens 2007

Rouge-Babine, vampire détective

Texte : Lili Chartrand
Illustrations : Marie-Pierre Oddoux
Éditions La courte échelle, Montréal (Québec), 2007.
The White Ravens 2007

La vie bercée

Texte : Hélène Dorion
Illustrations : Janice Nadeau
Éditions Les 400 coups, Montréal (Québec), 2006.
The White Ravens 2007